아름다운 동행, 나와 나

박진표 제6시집

시음사
시사랑음악사랑

삶과 자연 순환 법칙을 예리하게 용해해
시적 미학을 소담히 담아내는 박진표 시인

시인에게 시는 선택적 특권이 주어진 정신세계를 밝히는 빛이다. 시에는 그 시인의 인생관과 철학을 아울러 시를 구성하고 다양한 요소의 기법을 개성으로 표현해 詩學(시학)의 본질에 바탕을 두는 것인지 조명해 보는 것이다. 박진표 시인님의 詩想(시상)은 긍정적이고 합리적인 서정의 틀에 안착한다. 박진표 시인님의 시는 잔잔하면서도 때로는 거침이 없어 박진표 시인만의 창작의 감수성에 매료가 된다. 박진표 시인님의 시는 삶을 아우르는 다양한 서정적 詩性(시성)을 지녔기에 독자에게 편안히 안착한다.

박진표 시인님의 작품 소재의 설정은 삶 속 일상을 상통하며 소제와 이미지의 안정된 함축이 박진표 시인님만의 독창성이 돋보인다. 박진표 시인님의 시적 개성적 이미지는 부드러우면서도 신선하고 때로는 따스하면서도 眼光(안광)이 날카로워 독자의 가슴에 울림을 낳는다. 박진표 시인님의 시에 담긴 시적 사물의 의미는 다양하지만, 낯설지 않은 인생 속 계절의 다중적 연주이다.

박진표 시인님의 시 세계는 누구나 쉽게 공감할 수 있는 심층적 마력을 지니셨다. 기교를 더하지 않으면서도 은유와 의인을 가미하여 다듬고 어루만지며 품기를 반복하며 창작한 시상은 바람결에 스치는 듯 감미롭다. 박진표 시인님의 시 창작은 삶과 자연의 순리에 따라 숙련된 시상은 맑고 정갈하기로 이미 정평이 있으시다. 시인의 시상에는 시의 이미지 요소, 회화적 요소, 음악적 요소로 형성이 되어 독자에게 편안하게 안착이 되기에 추천자가 박진표 시인님의 시를 좋아하는 이유다.

박진표 시인님은 이미, 시집을 5집까지 독자에게 선보여 많은 사랑을 받고 계시는 시인이시다. 이번에 여섯 번째 시집 「아름다운 동행, 나와 나」를 출간하여 또다시, 독자의 곁으로 다가간다. 박진표 시인님의 시는 "삶과 자연 순환 법칙을 예리하게 용해해 시적 미학을 소담히 담아냈기에" 널리 사랑받을 것이라 확신한다. 박진표 시인님의 「아름다운 동행, 나와 나」 제6 시집 상재(上梓)를 살가운 마음으로 축하한다. 아울러 여러 독자 여러분께 적극 추천해 드리며 널리 사랑받기를 기대한다.

(사)창작문학예술인협의회 부이사장 **주응규**

시인의 말

뒤돌아보니
거친 날들도 많았습니다.
퍼붓는 빗속에서
때로는 아파하며 소리 없이 숨죽여 울었습니다.
그러면서 삶을 알아가고
가슴의 꿈을 키워 어른이 되었습니다.
내가 나로 온전히 산다는 것.
불모의 땅에서도 투정하지 않고
말없이 꽃 피우고 열매 맺는
작은 생명들의 가르침 속에
불평보다 감사하는 마음을 배워봅니다.
살면서
가슴에서 꺼내 온 나의 풀꽃 같은 이야기가
작은 위로가 되고 따사로운 햇살이 되었으면 좋겠습니다.
어디선가 아파하며 숨죽여 울고 있는 사람들에게
고운 향기 되어
가슴에서 꺼낸 반짝이는 별을
조용히 서로 함께 나누려 합니다.
이 아름다운 세상에서
정직하게 땀 흘리며 살고 꿈꾸는 사람들의 행복을 빌며.

시인 박진표

- 목차

- 목차

QR코드 스마트폰으로 QR 코드를 스캔하면
시노래를 감상할 수 있습니다

제목 : 아름다운 동행, 나와 나

아름다운 동행, 나와 나

너와의 만남
별 같은 꿈들을 품어
세상에 소풍 나온 날
가여운 청춘을 업어
너 여기까지 왔구나
삶이란 도화지 위에
인생 후반전
남아있는 추억을 가져와
세상 모든 것 품어 안아
뒤돌아
아름다운 세상이라 말할 수 있는
내 그림자 위에
타오르는 붉은 노을이 되어
아프지 않을 만큼만 아파하고
슬프지 않을 만큼만 슬퍼하다
들어주는 이 없고 바라보는 이 없어도
행복하게 꽃 피우고 열매 맺는
따스한 행복 마음과 마음에 남기고
남아있는 아쉬움 걷어
고운 향기 영원한 전설이 되리라
가슴에 스며들어 행복한 노래가 된다
언제나
가슴 시리고 아픈 나와 나
아름다운 동행을 한다

제목 : 아름다운 동행, 나와 나
스마트폰으로 QR 코드를 스캔하면
시노래를 감상할 수 있습니다

바다와 나

바다는 슬플 때
나 몰래 운다

내가 울면
바다가 슬퍼서 운다

바다는
내 가슴에서 살고

나는
그 바다를
가슴에 안고 산다

내가 슬퍼하면
바다는
바다는
파랗게 멍들어

파도를 만들어
눈물을 흘린다

바다는
파도의 어머니

바다는
내 가슴의 눈물

현실과 이상

앞서가는 그림자 밟으며
현실 속의 나
더 큰 이상을 꿈꾸며 키운다

화려하진 않지만
늘 가슴에 큰 별을 품고

말없이 기다림을 배움 하며
푸른 꿈들의 씨앗 다치지 않게
별이 되어 행복을 피우는 그날
비로소 말할 수 있겠지

이룰 수 없는 꿈이 아니었다고

새로운 세상은
두려움이 없을 때
비로소 보인다

지우고 싶다

상처 난
그곳
새살 돋아나
아물 수 있다면
아픈 기억들
지우고 싶다
잊고 싶어라
바람 타고
자유롭게 날 수 있도록

심장

네가
내 속에서
힘차게 뛰기에

나는
늘
너와 함께
꿈을 꾼다

붉은 피
온몸을 달리고 돌아

가슴 뜨겁게
온기를 품고

나는
내 피와 살
영혼을 먹이는

너를
뼛속 깊이
각인한다

네가 뛰는 한
나는
멈추지 않을 것이며
언제나 꿈꾸는 소년

가슴엔
늘
따뜻한 별이 산다

난

난
바람이 불면

그
바람
가슴에 안고

나에게
여행을 떠난다

행복한 꿈을 꾸자

인생에서
가장 아플 때

화려하진 않지만
가장 향기로운
마음의 꽃이 핀다

괴로운 아픔
넘기고
또 다른 삶 다가와

검은 옷 벗어
우리는 하얀 꿈을 꾼다

보여지는
화려한 꿈 아닌

내가 정말 기뻐하는
행복한 꿈을 꾸자

겨울비는 내리고

밤사이 찾아온 손님
곱게도 오시네

올 한 해 묵은 때
깨끗이 씻어주려
착하게 오시네

새로운 마음으로
새롭게 출발하라
목욕시켜 주시네

빗소리 노래 따라
이쁜 꿈들아
일어나 마음껏 춤춰라

성탄전야 씻어주는
겨울비는 내리고

세상은
평화와 희망의
자장가 들으며
행복한 꿈을 꾼다네

하늘엔 영광 땅에는 평화

아기 예수 이 땅에 오신 날
가장 낮은 곳으로
우리들 섬기러 오시어

십자가의 보혈 흘려
사랑으로 옷 입혀 주시고
죄와 허물 덮어 주시니
그 사랑 따뜻하여라

행함이 없는 사랑
대신 피 흘리시어
사랑을 주시었네

부디
아파하는 모든 이
그 사랑 받아
참 평화 누렸음 좋겠네
지구촌 곳곳에 아파하는 영혼이여
일어나 꿈을 마시고 사랑을 옷 입자

하늘엔 영광 땅에는 평화
그 사랑비 맞으며 마음을 씻자
다시 일어나 행복을 노래하자

순수

고운
햇살에

눅눅한
마음

툭툭
털어서

뽀송뽀송
말리고

호호
불어

희망이란
두 글자

마음에
곱게
새긴다

하늘 놀이터 참 좋다

해와 달
구름과 별
새들이 뛰놀고
무지개 사는
그런 하늘이
나는 좋다

인자한 바람
심술쟁이 태풍
모두 다
품어주고
기뻐도 슬퍼도
늘
한결같이 그 자리

눈이 부시게
슬프도록 푸른 하늘이
한없이 이쁘다
그런
지킴이 하늘이
나는 참 좋더라
그런 하늘 놀이터 참 좋다

새해엔

해처럼
뜨거운 정열을

달처럼
냉철한 지혜를

별처럼
빛나는 환희
가슴에 품고 사는

그런
나이길

행복한
우리였음
그러면 좋겠네

가장 아름답다

하늘은
하늘일 때

땅은
땅일 때

바다는
바다일 때

산은
산일 때

사람은
사람일 때

가장
아름답다

있는
그 모습
그대로일 때

열병

삭풍의 계절
시련이라 부르기엔
너무나 가슴 시린
지금 이 순간

앙상한
길가의 가로수
얼어붙은 마음들
오늘에 담아

보글보글 작은 꿈
한 숟갈 떠서
시린 하루 달래고

다시 일어서는
힘을 얻는다

열병을 앓으며
커져가며
자라나는 꿈

시련은
결코 아픈 것만은 아니다

자유로운 꿈

나는
눈을 뜨고도
꿈을 꾼다
수많은 꿈들
상상 속을 달리고
작은 몸짓
그 속에 별이 산다
자유로운 꿈
어디든 갈 수 있고
마음껏 뛰놀며
아프지도 않고
건강하고 맑고 푸르게
천진난만한 아이처럼
과거와 현재
미래를 넘나들며 살아가는
그 꿈이 나는 좋다
빗장 없는 그 꿈들이

꽃신

사랑하는
사람을 위하여
우리 꽃신을 만들자

사뿐사뿐
꽃길을 밟으며
함께 걸어가는 길

미움도
성냄도
아픔도 없는 고운 그 길

차라리
내가 꽃신이 되어
고운 님 발이 돼야지

마음의 꽃밭
희망의 그곳에
과거와 미래 함께 만나
행복한 얘기만 들려줘야지

고운 님 두 손에
나는 꽃신이 되어
설렘으로 남고 싶어라

무지개 부침개

정직한 땀방울에
푸른 희망
뜨거운 열정
내일에 대한 믿음
따스한 사랑
골고루 버무려
푸른 하늘과 바다
조금씩 넣어
일곱 빛깔 무지개
부침개 노릇노릇
구워서 먹으면
어떤 맛일까
그 호기심으로
오늘을 참고 견디며
내일을 꿈꾸는 우리는
참 행복한 사람들
우리 모두 그런
무지개 마을의 주인이 되자
동그랗게 미소 지으며
맛깔나게 구워지는
무지개 부침개
군침이 돈다

배려와 믿음

사람과
사람을
이어주는 끈
우리의 마음

마음과
마음을
자라게 하는
따스한 정

만질 수도
소유할 수 없는
보이지 않는
그 무언가의 힘

그것은
서로에 대한
배려와 믿음입니다

사랑은
그곳에서
피어납니다

마음은
그곳에서
자라납니다

타인

내가
아닌 너
남이
아닌 우리
다가오고
떠나가고
그리워
보고픈
너와 나는
추억이자 친구
왔다 떠나는
바람이 아닌
다가와
뜨거운 정 나누는
우리가 되자

안개 낀 날

저 너머
그곳엔
무엇이 기다릴까

희미한 신기루
알 수 없는
엘도라도

현실과
상상의 대립각
시소를 탄다

무엇이라도 좋다
지금
나는 꿈꾸고 있으니

기적을 믿지 말고 만들어라

바라지 말고
만들어라

할 수 없는 일 없고
기적은
땀 흘려 준비하여
노력하는 사람의 것

믿지만 말고
기다리지 말고
스스로 준비하고 만들어라

기적은 바로
그 사람의 것이다

잠시 머무는
로또는 있어도
정직한 땀보다
더 큰 로또는 없는 것이다

자연의 품

불처럼
뜨겁게

새처럼
자유롭게

바다처럼
깊고 푸르게

땅처럼
따뜻하게

엄마의
품처럼

자연의
따스한 품은

언제나
가고픈
그리운 고향

먼저
마음이 가 있는 곳

상처의 바람

바람이 불 때
파도를 타고
연을 날린다

우리네 세상사
그 또한 마찬가지

때를 기다려
힘차게 뛰어보자
하늘 높이 날아보자

상처의 바람은
폭풍을 피하지 않는다

중심 잡기

살다 보면
흩어진 마음
잡을 때도 필요하지

돌고 도는
세상이라 말하지만

마음 다잡을
중심이 있어야지

중심이 없으면
무너져 버리지

가정도
나라도
세계도

모두 다
중심이 있기에
행복할 수 있는 거지

향기의 노래

풀 내음
흙 내음
꽃 내음
향기의 노래가
나는 참 좋다
길들여지지 않는
순결한 내일을 안고
오늘도
희망의 초원을 달린다
혼자만의 절규에도
꽃은 피고 향기는 날린다
이 착하고 아름다운 세상
향기 따라 행복아 솔솔 오너라

깨달음

생각해 보니
우리는
깨달음
속에서

아파하고
이겨내며
내일을
키운다

시련은
결코
아프고
쓰라린 것만은
아니다

그
깨달음
얻기 위해

오늘도
종아리 걷어
회초리를
맞는다

풀 향기

가녀린 몸짓
바람의 노래
보이진 않아도
싱그런
생명의 기운
그대
머문 자리
참 곱기도 하여라
그
향기 따라
아침이슬
소풍을 간다

책임

젊음을 담보로
미래를 대출 받아

정직하게
땀으로 일궈놓은
지금의 내 모습

뒤돌아보아
아무런 후회도 없다

시작도 추수도
온전히
다 내가 감당하고
책임져야 하는 것

삶이란
스스로 책임지고
안아주고 보듬어야 한다

우리 그렇게 살자
그렇게 살 수 있게
노력하며 살아야 하리라

바람의 아들

구름이 흐르다
바람을 만나
천둥과
태풍을 잉태하고

시련이라는
삶의 화두를 던지며
정답을 찾지 말고
그냥
물처럼 흐르며
그렇게 살라 한다

나는
사람의 아들로 태어나
이제
바람의 아들이 되려고 한다

아파하며 피는 꽃

흐르지 않는 물
상처 입은 물이니

회초리 들어
때리지 말고
보듬어 안아주라

흐르는
시간과 세월 속에서
영원한 것
하나도 없으니

지금
이 순간을 영원처럼
빛나는 별이 되어
후회 없이 살아야 하리라

오늘도 어김없이
타오르는 태양과
밤 하늘 달과 별
한결같이 이쁘다

우리 모두는
아파하며 피는 꽃
가슴 뜨거운 시린 꽃

눈꽃

하얗게 덮은
소담스런
포근한
순백의 너

세상을
다 덮고도
남음이 있는

우리
그런
하얀 마음으로 살자

순백의 순결은
우리들 마음에서도
그렇게
꽃이 되어 피고 있었네

그 꽃
따사로이 녹아 흘러
온 대지와
욕심 많은 우리들
가슴까지 적셔 주어라

무지개꽃

꽃물
뚝
뚝
떨어져

꽃비 되어
내리면

똑
똑
똑
천사들 찾아와

우리 마음
물들여 줄 거야

알록달록
무지개꽃
예쁘게
피우며 살라고

침묵의 말

말하지 않아도
고요한 침묵으로
하늘과 땅
토닥여 쓸어안고
우리 그렇게
살 수 있다면
바위처럼 침묵하자
가슴을 울리는 건
바로 마음일 테니...

속삭여 주었습니다

바람이 불어와
속삭여 주었습니다

우리 삶은 아픔이라고

힘들고 지친 삶
아름답게 가꾸고 지키며

희망으로 울타리 만들어
아픔 이겨내는 것이라고

아파서 더 아름다운
슬퍼서 더 고귀한

우리는 그런 존재입니다
우리는 그런 노래입니다

바람은 오늘도
그렇게 그렇게 속삭여 줍니다

몸부림

하늘의 별 보다
헤아릴 수 없을 만큼

내 속의 나는
매일 전투를 벌인다

참과 거짓
미움과 용서
유혹과 옳은 길

어느 것 하나
쉽사리 허락지 않는
하루하루 순간순간이
치열한 삶의 전쟁터

내가
나로 살기 위한
삶의 몸부림
처절토록 아름답다

꽃은 오늘도
어디선가 소리 없이
향기 품고 피고 있으리

이슬꽃

하얀 겨울이
흰 눈처럼 떠나고

파릇파릇
새싹의 봄
아장아장 오면

잠에서
깨어난 아침이슬

반짝반짝
꽃을 피운다

초롱초롱 매달려
환하게 웃는다

질문

어려워야 합니까
복잡해 난해해야 합니까
쉬운 말 돌리고 돌려
철학자들이 판독해야만
이해할 수 있어야 합니까
그냥 아무나 이해하며
가슴에 와닿아 감동하고
눈물지으면 안 되는 겁니까
물론 형식과 절차도 필요하겠지요
허나
그 또한 함께 나눌 수 있는
동질감과 따스함이 없다면
과연 살아있다 할 수 있나요
지식과 형식 절차가
정말 그리 중요한가요
마음이 없는 몸뚱어리
화려한 춤사위 벌인들
살아있다 말할 수 있는 겁니까
차라리 바보가 되겠습니다
추하고 일그러진 몸뚱어리로 살아도
가슴에 따스한 심장 지니고 살겠습니다
양복 입은 신사 고관대작 아닌
누더기 민초가 되겠습니다
그곳에서 참 행복을 찾겠습니다

아침

새벽이 일어나
아침을 열면

살아 숨 쉬는
모든 생명들
하루의
축제를 벌인다

부디
오늘도
순결한 꿈
다치지 말고

행복의 별
가슴 한가득
품고 품어라
꿈들아 날아라

숲

작은 생명 하나까지
소중히 품어 길러주고
사랑하는 마음
하늘을 닮았나
저 낮은 곳으로 오신
푸른 바다를 닮았나
아낌없이 주고도
치유의 선물 샘이 솟는다
가장 겸손하고
온화한 그대 너에게 다가가
편안한 쉼을 얻는다
한없이 넓고 포근한
너의 품에서 오늘도 나는
행복한 꿈을 꾸는
푸르른 요정이 된다
엄마의 냄새를 맡는다

그래도 되는가 봅니다

까만 밤
별을 노래하다
지쳐 잠들면
조용히 꿈을 꿉니다

그리운 사람들도 만나보고
행복했던 추억들도 그리며
상처 입은 마음들
깨끗이 이쁘게 닦아 봅니다

바람과 구름
해와 달
별이 살고 있는 하늘엔
그래서 미움이 없나 봅니다
아파하지 않아도 되는가 봅니다

오늘도
희망을 안고
하늘 아래 이쁜 꿈 심으며
정직한 땀으로 감사하며 살겠습니다

오늘 같은 날

저 맑고
푸른 하늘

시원하게
한 잔 마시고

고운 햇살
쓱쓱 비벼서
배불리 먹고

총총 오시는 봄
그 길 위에

오늘 같은 날
봄 향기 되어

마음껏
날아봐야지

행복을
노래해야지

희망을 노래합니다

부족함이 많은 나
그러나
미워하기엔 너무나
소중한 나
나를 사랑하는
사람들이 많은 나
그래서
미워할 수 없는 나
이 세상에 태어나
눈물도 많았지만
그래도
기쁘고 행복함이
더 많았기에
이 아름다운 세상
사랑할 수밖에 없는 나
나는
우리는
그래서 소중한
축복입니다
우리
조금은 지치고 힘들어도
사랑 받기 위하여
행복하기 위하여
지금도
이렇게
푸른 하늘 아래
생명의 땅 위에
희망을 심고
희망을 노래합니다

조가비 눈물

내가 아파야만
내가 눈물 흘려야
내가 너를 품고
속으로 속으로 울어야
하얀 너를
만들 수 있는 거야
내 상처가
바로 너를
찬란하게 태어나게
하니까 말이야
내 아픔 안고서
방울아
하얗게 고요히 빛나거라
난 그래서
오늘도
웃으면서 운단다

이유

새로 오신 오늘
함께 살아야 할 오늘
하루가 지나면 이별을 하고
또 다른 내일이 되어 다시
우리 곁에 찾아오겠지

과거와 현재
미래가 어찌 보면
다 한 몸인 것을

오늘따라
꿈꾸는 파랑새 한없이 고맙다
알몸으로 태어나 희망을 입고
공평하게 주어진 오늘
하루를 가슴 가득 안는다

살아야 하는
분명한 이유를 찾아
삶이라는 원석에서
묵묵히 행복을 찾아야지
말없이 그러나 따뜻하고 당당하게

미세먼지

우리가 만들어
세상에 퍼트린
몹쓸 침묵의 저승사자

아파하는 자연아
미안하다 미안해

선대에서 물려받은
아름다운 금수강산

병들어 신음하니
후손들을 어찌 볼꼬

이 지은 죄
어찌 씻을 수 있을까

희뿌연 하늘에
초록이 울고 있네

행복 향기

멀어진 겨울
이슬처럼
살며시 와 있는 봄

간다는 이별도 없이
겨울이 떠난 자리
봄이 피고 있네

하얀 목련
수줍게 꽃망울 품고

노오란 산수유
햇살처럼 웃어주니

어느새
바람은 봄 내음 실어와
향기를 내린다

꿈을 꾸는 사람들아
부디 봄처럼 싱그러워라
행복 향기 배불리 먹어라

살아가기

흔들리며 살아도
꽃은 피우며
살아야 하리라

바람이 찾아와
고통과 시련 내려도

그 또한
사랑하며
살아야 하는 것

넉넉한 바다의 품처럼
저 높고 푸른 하늘같이

잘 익은
따뜻한
그런 사람으로 살자

선택 그것은

기르는 새는
새장을 열어도
날아가지 않는다

배고픔이
해결된
그곳에는
간절함이 살지 않는다

그대여

날개가 있어도
날지 않는
사육당하는
당신은 그런 새입니까

비상을 꿈꾸는
자유로운 자유인입니까

이삭줍기

오늘도
함께 수고할
내 그림자 업고
행복한 기억 안고
멀어져 간
마음의 별을 품는다

나는
아픔과 시련을
미워하지 않는다
마음이 가는 곳
행복이 자라나는 터

자신을
아끼고 사랑하며
같은 오늘 같지만
매일 다른 내일을
꿈꾸고 고대하며
설레는 마음으로

오늘도
희망의 이삭을 줍는다

빈자리

이별하여 떠나면
서럽도록 그리운
만날 수 없는 물안개

다가가면 멀어져
가슴 멍해지는
마음의 아침이슬

그립다 말하면
다시 돌아올까

너는
자꾸만 자꾸만
되돌릴 수 없는
세월을 돌리려 한다

오늘따라
사무치게 그리워
뒤돌아 서성이며
추억을 밟는다

파문

햇살이
굽은
창으로 들어와
허리 한번
제대로
펴지 못하고

등 굽은 아픔
지는 석양 되어

성스런
하루의 저녁놀

바람 소리는
적막한
내 마음을 가른다

잔잔한
마음의 강물에
꽃잎 하나 떨어진다

동면

갈급한
그 무언가를
애타게 찾으며
서성이지만

늘
허공을 떠도는
공허함

방심한 탓인가
어김없이
회초리 들어
종아리를 때린다

아프다 마음이

떠도는 별들아
방황하는 꿈들아
우리 잠시 이별하자

차라리
깊은 잠에 빠져
꿈을 꾸리라

희망사항

바람의
숨소리 들으며

별들의
자장가
노랫소리 들으며

꿈꾸고 싶다

지친 마음
아픈 기억들
상처 씻어
꽃비 되어 날리게

해맑은
아기 웃음처럼
새싹같이 푸르게

어떤 이별

키 작은
창문 틈으로

미소 지으며
고운 햇살
살며시 들어오면

가슴 활짝 펴
너를 꼬오옥
안아줄 거야

간절히
너를
보고파 한 만큼

아침이슬
떠날 때
슬프지 않게

그런 사람

곁에 있어도
보고프고
그리운 사람

주고 또 주어도
더 못 주어
애닲은 사람

비 오면 비 되고
눈 오면 눈 되어

내 가슴 적시고
포근히 덮어주는
꽃향기로 찾아오는 사람

처음 아니어도
마지막 두 손
따뜻하게 내밀어
꽃바람 되고
영원을 함께 할 사람

그대는
꽃으로 오세요
바람으로 오네요
나이고 당신입니다

유전자

자식들을 보면서
나의 거울을 본다

어쩌면 저렇게
투명하게 보일까

자식 속에서
내가 웃고
내 안에서
아이들이 웃는다

아프지 않게
살아야 하리라

푸르고 고운 꿈
꾸고 이루어라

건강하게 푸르른 마음
변함없이 전해져야 하리라

푸르게
시리도록 푸르게

속삭임

바람으로 와
별처럼
반짝이며
살고 싶습니다

구름으로 와
이슬처럼
싱그럽게
소리 없이
빛나고 싶습니다

꽃으로 와
그대 곁에
아름답게 머물며
고운 향기 주고 싶습니다

사랑하고
사랑 받고
사랑 나누며

모두에게
보고프고
그리움이 되는
아름다운 사랑으로
그렇게 남고 싶습니다

새로운 시작

손을 내밀어
하늘을 만지면

닿을 듯 말 듯
뽀송뽀송
솜털 같은 희망
햇살 따라
재롱잔치 벌이고

그리운 추억들
톡톡 터져
싱그런 아침이슬
하루가 시작이다

값없이 주어진
오늘 하루가 축복
삶은 이토록
아름다운 것인가

자~~~
오늘도
힘차게 출발이다

질서

살찌운 봄볕이
게으른 하품하며
맹꽁이 배 내밀어

다가올 여름
빗소리 따라
마중을 나간다

어느덧
여름은 가까이서
뜨거운 미소로
초목을 덮고

풀 내음
꽃내음
봄의 노래
꽃바람 타고
잔치를 벌인다

가실 이
오실 님
이별과
만남 위에

비워지고
채워지는
오는 시간
가는 세월
아름다운 삶이여

어느새 벌써

봄인가 했더니
살며시 다가오는 여름

마음의 준비도
이별의 생각도
하지 않은 지금

깊어가는
봄의 자궁 속에서
여름이 빼꼼
얼굴을 내밀고 있다

이름

세상에 태어나
처음으로 받는 선물
기쁨과 슬픔
함께 나누고

그림자 되어
흙으로 돌아가도
끝까지 남아

남겨진 사람들
가슴과 가슴속에
영원으로 살아가는

살아 숨 쉬는 별
영원히 지지 않는
붉은 태양

밀어

하늘에서 내려보낸
밤하늘 별들이
꽃이 되어 웃습니다

꽃이 되어 피어난
마음의 별들이
소곤소곤 속삭입니다

아름다운 세상
따뜻하게 살라고

괴로워도 아파도
지치고 슬퍼도

우리 삶은
소중하며
눈물이 나도록
아름다운 것이라고

비 개인
5월의 하늘이
시리도록
아름답습니다

하얀 밥꽃나무

이팝나무 꽃이
바람에 날리면

고슬고슬
먹음직스러운
맛있는
밥알들이
춤을 춘다

톡톡 터질 듯한
윤기 나는
하이얀 밥알들
풍성한 희망이 되어

배고픈 영혼들
허기 채워줘
가난한 마음들아
행복하게 춤춰라

하이얀 쌀밥나무
바람에 흔들려
펑펑 터진다
바라만 봐도 배가 부른다

가난한 마음
배고픈 영혼아
우리
꽃비 맞으러 가자
우리 함께 행복하자

착한 아기별

까만 밤
초롱초롱
초롱이들
수많은
별빛 아래
바람이
휘파람 불며
별을 안는다
가슴에 영원히
꺼지지 않는
너는
우리 모두의
착한 천사
수줍게 피어나는
아기 꽃잎
이제는
아파하지 않을 만큼만
사랑하며 살고 싶다

그리움

아침 이슬처럼
촉촉이 찾아와

그리운 추억
살며시 남기고

가슴에
피멍이 들어도

미소 짓는 꽃 되어
가슴을 가득 채우는

너는
바람 같은 나그네

꽃잎처럼 향기 전하는
짝사랑 소녀의 순정

모질게 뿌리쳐도
자꾸만
더 가까이 가까이
가슴을 두드린다

사색

아기 햇살
살며시
찾아오게

나는
오늘도
어둠의
허물을 벗는다

5월의 바람

민주화의 항쟁이
아프게 있던 날

그날도
바람은 불었지

군사독재의
피비린 야욕이
광주에 뿌려지던 날

서럽도록 아픈
한 서린 절규가

아픈
꽃바람 되어
붉은 꽃이 피었네
오일팔 그때

과욕

단비 내리고
고운 햇살 찾아와
청명한 맑은 하늘
참 곱고 이쁘다
이 아름다운 세상에서
여기저기 희망의 씨앗들
뽀족뽀족 합창하는 소리
지친 어깨 토닥이고
오늘은 그래서 늘 푸르다
별은 가슴으로 찾아와
꿈을 깨우고 오늘을 달린다
더 이상 바라지 말자
이 행복 슬피 떠나지 않게

낮에 뜨는 별

새벽이 일어나
붉은 태양 토해내면
성스런 하루의 시작
저마다 꿈을 안고
오늘도 힘찬 발걸음
씩씩한 희망이 집을 나선다

다가오는 일 두려워 말고
우리들의 주어진 시간들
저마다의 허락된 오늘을
두 손 꼬오옥 붙들고
불평 않고 사랑하며 살아가자

삶이란
두려움의 대상이 아닌
꿈꾸며 그려가는 맑은 수채화
미지의 신세계
행복의 엘도라도

바람이 불고
구름이 걷히면
상다리 부러지게
희망 잔치 벌여 보자
우리 함께
다 같이 별을 품고 행복하게

통일

갈 수 없는 그곳에
무궁화꽃이 피면

한 많은 망향의 꿈
꽃바람 타고 춤추겠네

같은 민족 같은 핏줄
어이하여 이다지도
애간장 끓었던가

겨레여 동포여
우리 하나 되어
덩실덩실 춤추자

이념과 사상
잘나고 못남 없이
우리는 하나
같은 한민족

헤어진 시간만큼
더욱 뜨겁게 사랑하자
상처 입은 그 마음
포근히 안아주자

아이처럼

뜨거운 불덩이
가슴에서 털어
아름다운
하늘의 별
가슴에 가득 담아
꺼지지 않는
희망의 불씨를
한 아름 품어본다
다가오는 매 순간
불평 아닌 감사함으로
그렇게 살 수 있는
소박한 꽃잎
바람의 노래
따스한 햇살이고 싶다
떠나는 오늘
내일 되어 찾아오면
한 뼘 더 자란
내 꿈 자랑해야지

평범한 진리

꿈을 꾸는 사람은
내일이 있는 사람
꿈을 먹고 사는 사람은
영혼이 건강한 사람
꿈을 이룬 사람은
비로소 자신을 발견한 사람

꿈을 꾸고
꿈을 먹고
꿈을 이루고

결과보다는
자신을 믿고
자신에게 당당하며
자신과의 약속
성실하게 씨 뿌리고
결과에 승복하며

겸손하게 감사하고
실패해도 다시 시작하는
오기와 열정
집념과 끈기가 있는
그런 사람이 되자

간절함은
뜨거운 피에서 나온다
살아 있기에
고통과 시련도 있는 것

진지하게 삶을 아끼며
살아야 하는 이유이다

꽃그늘

그저 좋다
미소가 번진다
지친 사람들
향기로 품어주는
활력 충전소
그대
머문 그 자리
아기 미소 안고
편하게 기대어
쉼 하고 싶어라
살랑이는
봄바람 데리고

마음 사진

바람에 흔들리는
5월의 초록이
수많은 사연 안고
이별을 준비한다

오시는 6월은
또 어떤
이야기보따리
풀어 놓을까

달리는 세월이
야속하게 쉬지도 않고
고속 열차를 태운다

소중한 인연
그리운 추억들
행여 잊을까
두 눈과 마음에
오늘의 사진을 찍는다

찰칵찰칵
셔터 누르는 소리
5월이 떠나는 오늘
잠시 졸고 있던 시간이
화들짝 놀라네

또 다른 안녕

가는데
가고 있는데
자꾸만 가라 한다

오는데
오고 있는데
그대는
오라고 한다

가고
오는
그 길의 끝

환하게 웃고 있는
너와 나 되자

꽃이 피면
향기 데려와
꽃잎 타고
웃으며
떠날 수 있게

짐 내려놓기

내려놓으면
다시 따라오고

행여 따라올까
다급하게 자리 뜨지만

또 다른 옷 입고
질기게도 업어달라 한다

내려놓기 힘들 땐
이왕이면 즐거운 마음으로
적과의 동침을 하자

마음 하나 바꾸면
이렇게 세상은
아름답게 다가오는데

뭉게구름

폭신폭신
하이얀 솜이불
순결한 꿈
따스하게 덮어주고

양 떼들 사이좋게
하얀 꿈 뜯는다

아침햇살 잠시
쉬어가는 그곳에

일곱 빛깔 무지개
다리를 놓는다

시원한 바람아
함께 손잡고
드넓은 세상
마음껏 소풍하자

눈으로만 보세요

꽃이 예쁘다고 꺾지 마세요
모두가 함께 나눠야 할 선물
자신의 욕심만 채우는
우리는 되지 말아요

눈으로 향기 맡고
마음으로 향기 담아
힘들고 지친 이들
상처 입은 아픈 마음
호호 불어서 안아주고

향기 머문 그곳에
하얀 그리움
우리 함께 피워요
향기는 꽃잎 타고
저마다의 가슴에
향긋한 사랑 노래 들려줍니다

내일이 있기에 절망은 없다

시련이
꼭 아픈 것만은 아니다

우리를
단련시키는 예방주사

다가오면
피하지 말고
기쁜 마음으로 함께 동행하자

세상 모든 일
다 마음먹기 나름
불행과 행복도 마찬가지

어리석은 사람
세상을 탓하고 하늘을 원망하나

지혜로운 이
극복하고 이겨내며 감사를 배움 한다

딛고 일어서자
자신을 믿고 영혼의 소리
뜨겁게 안아 다시 일어나
불타는 내일의 태양을 품자

어떤 약속

아버지!
오늘도
참
열심히 살았습니다

엄마!
당신의
자랑스런
따뜻한 아들이 되겠습니다

폭풍우 몰아치고
칼바람 불어
시련이 찾아와도
기꺼이 품어
사랑하며 살겠습니다

함께 익어가는 세월과 시간
감사하는 마음으로 동행하며
작고 낮은 것 소중히 여기고
소박한 꿈 이루며 가슴의 별
예쁘게 키우겠습니다

나, 너, 우리

저만치
가고 있는 나

요만큼
오고 있는 너

하나 되기 위한
나와 너

우리는 그렇게
가고 오며

우연이라는
필연으로
하나가 되었다

우리 가끔은 그렇게

꽃잎 위에
햇살 앉아
아침이슬 한 모금

싱그런 바람
초록의 노래
하루가 시작

세월을 업고
오늘의 시간
소박한 꿈들이
행복을 빚는다

지치고 힘들 때
잠시
쉬어 갈 수 있는

마음의 여백
조금은 남기고 살자

없을까, 있을까

만약
내일이
우리에게 없다면

우리
오늘을
어떻게 살까

아마
후회 없이 살리라

오늘이
마지막이라면
불꽃처럼 살겠지

내일이 없다 생각하고
우리 오늘을
마지막처럼 살자

내일은 없다
아니
내일이 있다

아픔으로 울지 않고
행복으로 우리 웃자

마음의 동산에서

내 마음이 무너질 때
비로소 나를 다시 돌아본다
가끔은 지쳐있는 내가 가엽다
온 세상을 품고 살기엔
아직은 내 가슴이 부족한가 보다
하루하루 마음의 거울 닦아보지만
천사들이 놀기엔 아픈 가시가 많다
눈물이 나도록 아름다운 세상
맑은 나의 두 눈아 내 시린 가슴아
우리 조금만 더 힘내자
지쳐있는 별들 모아 가슴에 담아본다
젖은 희망 불어오는 남풍에 말린다
가슴의 별들아
나 기꺼이 너희들 눈물 닦아주마
고맙고 소중한 아픈 내 새끼들

뛰어라

길을 가다
길 위에서
또 다른
길을 만났다

삶의 맥박은
길처럼 이어져
내 심장을
뛰게 만든다

칼바람
불어도 좋으니
심장아
뜨겁게 뛰어라

따뜻한 물림

엄마가
만들어 주신
하얀 마음
푸른 꿈

아빠가
가슴에서
꺼내어 놓고 가신
침묵의 사랑

새색시
연지 곤지 되어

내 가슴에
수줍은 꽃잎처럼
곱게 물들어

오늘도
내 삶의 수채화
하나하나 채움해 간다

부활

오늘이라는
하루를 선물 받아
고맙게 감사히
노래하며 살겠습니다

터질듯한 벅찬 하루를
가슴으로 채워가며
오늘도 열심히 살아가는
삶의 지혜를 배움 합니다

오늘이 지나면
내일은 또 다른 오늘 되어
축복으로 찾아오고
오늘처럼 나는
새롭게 매일매일 다시 태어납니다

꽃잎은 또 바람에 날리고

스쳐 가는 바람
허전한 마음
밀려오는 파도처럼
하얗게 부서질 때

그리운 내 아버지의 미소
꽃잎 타고 오셔 가슴에 앉으면
싸늘해진 아들의 꿈들이
잠자는 별들을 깨운다

꿈속이라도 좋으니
그리운 내 아버지
이슬로 찾아오셔
메마른 영혼 촉촉이 목축여 주시면
나는 이슬에 젖은 꽃잎이 되어
행복의 꽃을 피운다

순수

많은 일들이
그리울 어제가 되고

오늘은
초록의 설렘으로
꿈꾸는 내일을
색동옷 입힌다

자신을 알아가고
나를 배움 하며
가능성의 또 다른 나
미래의 희망을 찾는다

어제가 아파
오늘이 울어도

그대여
푸른 하늘 아래
들꽃처럼 풀꽃같이
우리
착하게 하얗게 살자

병들고 늙지 않는
건강한 마음이고 싶다

개똥벌레

반딧불이
밤하늘
청사초롱 불 밝히면
사랑 님 찾으러

저녁 하늘
은하수 별들이
숲으로 이사 와
사랑의 축제를 벌인다

생명의 시작은
황홀한 유혹에서
불타는 정열의 밤
반짝반짝
수많은 별들

홀씨 되어
사랑의 빛으로
사랑 님 찾으러
어둠을 밝힌다

밤이 되면
여기저기
별꽃들이 피고 진다
별들의 축제가
바다를 이룬다

욕심을 버리면

보려고 하지 말고
느끼면서 살자

느끼려 하지 말고
마음으로 읽자

그리고
작던지 크던지
가슴으로 품자

세상의
모든 삼라만상
그 가슴에 있으니

그대는 세계요 우주
참으로 고귀한 존재
이만하면
우리 행복하지 아니한가

마음의 바다

꽃잎 타고 내려온
초록빛 희망이

메마른 가슴
촉촉이 적셔주면

어둠의 허물
아픈 그림자
멍든 상처들

웃음꽃으로 피어나
활짝 웃겠지

상처야
새처럼 날아
희망이 되어라
저 넓은 바다가 되거라

노동

싱그런 생명들
탐스런 봉오리

하루의 시작
꽃들이 핀다

같은 듯 다른
신비로운 오늘

나비와 벌들이
행복의 꿀
차곡차곡 채운다

또 다른 마음의 선물

나
하루의
발자국 남기며

오늘도
나의
노래를 부른다

꿈을 피우고
다가오는 모든 것
감사히 받고 배움 하며

마음의 별
하나하나
정성스레 모아서

이담에
사랑하는 사람들
골고루 값없이
기쁘게 나눠줘야지

높고 푸른 하늘이
나를 보며
환하게 웃는다

무더위

올 테면 오거라
뜨겁게 뜨겁게
활활 타올라라

용광로
가슴으로 품어
너를 녹여
뜨거운 정열
나를 만난다

정직한 땀방울
오늘도 네 속에 꽃피어

더하지도 빼지도 않은
노력한 그만큼만
행복을 받는다

네가 품고 있는
그 풍성한 가을을 기다리며
뜨거운 심장 뜨겁게 사랑하며

이끼

태고의 신비
가슴으로 품어
노래를 불러라

늘 푸른
청춘의 옷
하늘이 허락해

너는
어제도
오늘도
싱그런 꿈을 꾼다

말없이
그러나
누구보다 힘차게

질그릇

투박함이 좋다
소박하고 인간적인
그 친근함이 좋다
민초들의
막걸리 삶처럼
화려하지 않고
자연을 닮은
편안한 순수야
화장기 없는
너는
세월의 나그네
곰삭은 구수한 된장찌개

누워서 바라본 하늘

하얀 달
푸른 하늘
시원한 바람
높이 나는 새
떠도는 구름

평범하지만
늘상 존재하는
가끔씩 잊고 살며
그 소중함 모르는

우리 삶의 그림자
동행하는 벗
말 없는 친구들

바람에 실려오는
풀 내음 여름 내음 맡으며
오늘도 값없는 호사를 누린다

그래
가끔은 하늘을 보자
눈이 부시게 시린
저 높고 푸른 하늘을

한결같이 예쁜 숲

지붕 없는 하늘
키 큰 나무
키 작은 나무 안고

하얀 뭉게구름
푸른 숲 덮어
토닥토닥
자장가 불러준다

평화가 깃든
지금 이 순간
모든 것 쉼 하는
축복의 하루

정직한
자연이 참 곱다
불어오는 숲 향기
어쩜 이리도 살가울까

초록의 노래는
땅에서 하늘까지
언제나 변함없이

마음의
푸른 희망 싹 틔우는
아가의 탯줄
생명의 오아시스

요지경 아이러니

작은 그릇에
큰 그릇 내려앉아
자꾸만 떼를 쓴다
안아달라고

들어갈 수 없음
뻔히 알면서

칭얼대며
어리광 부리는
알 수 없는 너

품어 줄 것인가
아님
회초리 들어
종아리 때려야 하나

갈등과
혼돈이 오는
어려운 숙제

우리

외롭지 않은
힘이 되는
세상에서
가장 따뜻한 말

혼자가 아닌
서로 마주 보며
함께 두 손 맞잡고
같이 가는 것

삶의 여정에
서로 외롭지 않음은

단비처럼
서로 가슴 적시는
그대가 있기 때문

함께여서 외롭지 않고
지치고 힘이 들 때
서로 기댈 수 있는
마주 보는 별

그래서
오늘도
우리는 꿈을 꾼다

꽃과 꽃잎

바람이 꽃잎을 안고
별들을 데려와
자장가 들려주면

수줍은 향기
초록에 숨어
그리운 추억이 된다

꽃은
누구의 행복일까

꽃잎은
바람 타고
어디로 떠나는 것일까

우리 조금은 힘이 들어도

살다 보면
아프고 힘들 때
많이 있지만

우리는
아파하며 피는 꽃
순간을 살며
영원을 남겨 놓는 아침이슬

하루를 산다는 건
내가 나를 알아가는 것
내 속의 나
말없이 보듬어 토닥이는 것

좋은 날보다
아픈 날 더 많지만

고독이라는 사치 말고
섬기는 마음으로
낮은 곳에서
풀꽃같이 바람처럼
그렇게 말없이
향기 품는 노래 되자

흑과 백

어둠과 밝음
밝음과 어둠

한 뿌리에서 태어나
달님 되고 해님 된
동전의 앞면과 뒷면

떨어지지 못하는
숙명의 라이벌
운명의 동반자

참 신기하지?
사랑할 수 없으나
너희 둘
사실 한 몸인 것을

깊은 어둠 네 속에도
순결한 아침은
쌔근쌔근 잠자고 있는데

상생

쑥쑥
올라가는 물가

허공에
맴도는 한숨

뚝뚝
떨어지는
민초들의 눈물

모두가
함께
더불어 살아가는
그런 세상을 꿈꿔 본다

하늘

파란 하늘
콕 찌르니

톡 터지는
싱그런
초록의 노래

아픔도
눈물도
고통도
괴로움도 없는

건강한 꿈들이
무럭무럭 커가며
은하수 별들이 살고 있는

꿈의 놀이터
행복의 바다야
한없이 푸르거라
시리도록 건강해라

너는 눈물

땀인 줄 알았는데
뜨거운 네가 흐른다

퍼내고 퍼내
메마른 샘물

그리움 안고 찾아와
어리광 부린다

미워할 수 없는 친구야
조금만 아파해라

힘겨워 견딜 수 없다면
내 볼을 타고 내려라
널 따스히 안고 함께 울게

너의 맑음으로
아픈 그림자 토닥이게

천사가 주고 간 색

우리들 마음은
어떤 색일까

이왕이면
눈처럼 하얀
소박한 맑은 색이면 좋겠다

깨끗한 순백의 색
순결한 마음이
편하게 쉼 하는
행복한 그런 색이면 좋겠다

하얗게 찾아와
별처럼 반짝이는
천사들의 마음이면
정말 좋겠다
누구나 와 희망 안고 떠나게

넘어져도
들풀처럼 다시 일어서게

향수

사그락사그락
풀잎의 노래

바람이 데려온
초록의 선물

풀꽃향기 날아와
스르르 잠이 들면

숲의 요정들
울 엄마 젖내음
모셔 오는 날

엄마 새끼 덩달아
그리움 꽃 살며시
가슴에서 놀게 하는 날

처럼

들꽃처럼 말없이
화려하진 않지만 소박하게
자기 향기 지니고
자신의 노래 부르며
물처럼 바람처럼 구름처럼
그렇게 흐르며 살자
가장 낮은 곳에서
세상의 모든 물
받아주고 품어주는 바다처럼
저 높고 푸른 하늘 아래
우리들의 자라는 꿈
한없이 이쁘다
참 곱기도 하여라

삶은

하이얀 눈으로 오셔
그리움이란
발자국 남기고

그렇게 그렇게
살아지더이다

그렇게 물처럼
흘러가더이다

꽃잎의 기도

하루라는 꽃잎
활짝 피면

수줍은 소망
풀씨처럼 흩어져
무지개 담아 오네

흙 내음
가슴에 품어 오시네

꽃바람 타고
향기야 날아라
평화의 기도야
성스런 축복의 꽃잎아

모두가
활짝 웃게 하소서

꽃잎의 선물

떨어져 누운 꽃잎

바람이 두 손 벌려
토닥토닥 토닥여 안아주면
꽃잎은 말하리라
아름답게 꽃 피워 행복했다고

사랑의 미소 행복의 씨앗
고운 선물로 주고 간다고
아픔도 눈물도 축복의 선물이라고

광복절 오늘

날지 못하던 새
오늘 훨훨 다시 나는 날

한 맺힌 치욕의 고통
결코 잊어서는 안 되는 날
우리들의 피와 살은 기억하리라

사랑하는 아들아 딸들아
오늘 너희들의 행복
깊은 어둠에서 피어난
눈물의 꽃임을 잊지 말아라

새야 새야 훨훨 날아라
한라에서 백두까지

저 무지개 넘어
은하수 초롱한
조국의 밝은 미래를 향하여

야생화 그대여

모진 세월 견디며
말없이 피는 너

돌보는 이 없는데
아픔과 상처 끌어안고
너는 노래를 부른다

세찬 비와 바람
뜨거운 태양
온몸으로 품어 안고

인자한 미소로
낮은 곳에 뿌리내리는

너는
너는
희망의 노래
행복의 미소
소리 없는 울림

하늘은
너의 가슴에
별을 허락해 주셨다

하늘 마음

저기 저 하늘
우리들 내려 보시며
어떤 생각 하실까

은하수 별처럼
반짝반짝 보실까

아님
가녀린
한 송이 꽃처럼
애닮게 보실까

하늘님
하늘님
부족한 우리들
인자한 얼굴
사랑의 미소로

예쁘게 보아 주세요
포근히 안아 주세요

작은 생명들의 울림

보이지 않는
키 작은 생명들도

스스로 극복하고
투정 없이 이겨내며
주어진 삶에
감사하며 살더라

꽃처럼 피고 지고
해처럼 뜨고 지고
샛별처럼 반짝이며
달처럼 넉넉하게
곱게 곱게 살더라

그렇게 살더라
그렇게 살더이다

너여서 고마워

매미가 운다
여름이 꽃핀다

길게 드리운
초록의 향연이
푸르게 익어간다

아~~~
조금씩 들려오는
가을의 발자국 소리

마음은 벌써
가을을 담는다

아기 갈바람아
쑥쑥 자라서
우리 기쁘게 만나자

아름다운 동행, 나와 나

박진표 제6시집

2025년 7월 23일 초판 1쇄
2025년 7월 25일 발행
지 은 이 : 박진표
펴 낸 이 : 김락호
디자인 편집 : 이은희
기 획 : 시사랑음악사랑
연 락 처 : 1899-1341
홈페이지 주소 : www.poemmusic.net
E-Mail : poemarts@hanmail.net

정가 : 10,000원
ISBN : 979-11-6284-599-8